ROMEU GUARANI E JULIETA CAPULETO

CÉSAR OBEID

ilustrações de CATARINA BESSELL

Editora do Brasil

© EDITORA DO BRASIL S.A., 2015
TODOS OS DIREITOS RESERVADOS
Texto © CÉSAR OBEID
Ilustrações © CATARINA BESSELL

Direção-geral: VICENTE TORTAMANO AVANSO
Direção adjunta: MARIA LUCIA KERR CAVALCANTE DE QUEIROZ

Direção editorial: CIBELE MENDES CURTO SANTOS
Gerência editorial: FELIPE RAMOS POLETTI
Supervisão de arte e editoração: ADELAIDE CAROLINA CERUTTI
Supervisão de controle de processos editoriais: MARTA DIAS PORTERO
Supervisão de direitos autorais: MARILISA BERTOLONE MENDES
Supervisão de revisão: DORA HELENA FERES

Coordenação editorial: GILSANDRO VIEIRA SALES
Assistência editorial: PAULO FUZINELLI
Auxílio editorial: ALINE SÁ MARTINS
Coordenação de arte: MARIA APARECIDA ALVES
Produção de arte: OBÁ EDITORIAL
  Edição: MAYARA MENEZES DO MOINHO
  Projeto gráfico: CAROL OHASHI
  Editoração eletrônica: GLEISON PALMA
Coordenação de revisão: OTACILIO PALARETI
Revisão: EQUIPE EBSA
Coordenação de produção CPE: LEILA P. JUNGSTEDT
Controle de processos editoriais: EQUIPE CPE

Dados Internacionais de Catalogação na Publicação (CIP)
(Câmara Brasileira do Livro, SP, Brasil)

> Obeid, César
>   Romeu guarani e Julieta Capuleto / César Obeid ; ilustrações
> de Catarina Bessell. – São Paulo: Editora do Brasil, 2015.
> – (Série todaprosa)
>   ISBN 978-85-10-06023-3
> 1. Literatura juvenil 2. Povos indígenas I. Bessell, Catarina.
> II. Título. III. Série.
>
> 15-05947   CDD-028.5

Índice para catálogo sistemático:
1. Literatura juvenil   028.5

1ª edição / 7ª impressão, 2023
Impresso na Gráfica Plena Print

Rua Conselheiro Nébias, 887
São Paulo, SP – CEP: 01203-001
Fone: +55 11 3226-0211
www.editoradobrasil.com.br

**PARA OS POVOS INDÍGENAS
QUE LUTAM BRAVAMENTE
POR SUAS TERRAS.**

**PARA MEU AMIGO FREDERICO
FORONI, PELAS DICAS PRECIOSAS.**

APRESENTAÇÃO

Sem sombra de dúvida, *Romeu e Julieta*, obra do escritor inglês William Shakespeare, escrita no final do século XVI, é uma das peças mais encenadas em todo o mundo. O proibido romance de dois jovens, filhos de famílias inimigas, extrapolou os palcos e tem sido tema de música, dança, literatura, artes visuais e cinema ao longo de mais de quatro séculos.

Shakespeare inspirou-se em um conto popular de origem italiana para fazer sua própria versão da história. Sem medo de ousar, ele criou versos, ampliou tramas, inseriu elementos cômicos para que o antigo texto ganhasse nova assinatura.

Sempre gostei muito das tragédias shakespearianas. Em *Romeu e Julieta*, história que se passa em Verona, na Itália, o que mais me atrai é a poesia, as metáforas usadas pelo autor para dar vida às emoções dos personagens.

E foi nessa seara fértil de amor que encontrei espaço para recontar a história de um jeito bem brasileiro e atual.

A questão das terras indígenas me pareceu o cenário perfeito, pois é um tema muito pouco explorado, mas de extrema importância e que precisa ser mais discutido em nossa sociedade. Sem preconceitos e sem apegos aos padrões do passado.

Neste novo modelo, surge Romeu Guarani, filho do cacique de um assentamento indígena, apaixonado por poesia *hip-hop*. Julieta, por sua vez, é filha do fazendeiro que tenta defender-se de uma decisão judicial que o obriga a devolver parte de suas terras para o povo indígena.

Mesmo com algumas alterações que precisaram ser feitas para que o enredo ficasse dinâmico e coerente com a nova situação, procurei manter a força poética do texto original que impulsiona o jovem casal. Como na trama shakespeariana, preservei a mescla de texto em prosa e versos.

Este livro é um convite para você conhecer uma das tragédias mais famosas de William Shakespeare, como também ter ciência da realidade de muitos povos indígenas que ainda sofrem pressão para abandonar suas terras, mas que também se organizam para manter viva sua cultura tradicional.

Boa leitura!

César Obeid

SUMÁRIO

GUARANI E CAPULETO **9**

FESTA NA FAZENDA DO VELHO CAPULETO **13**

O SHOW DO CANTOR LEONEL **19**

UM GUARANI APARECEU **22**

QUANDO A DANÇA TERMINOU **25**

ACORDA, JULIETA! **30**

ACABOU A GRANDE FESTA **35**

FERIDO POR QUEM? **50**

CASAMENTO COMBINADO – CARTÓRIO **56**

MEU MARIDO É UM ASSASSINO? **63**

O SONO LEVE DE JULIETA **67**

JULIETA VAI ESTUDAR EM SÃO PAULO **70**

PROFESSORA, VEM CHORAR COMIGO **73**

A ENCENAÇÃO DE JULIETA **78**

ROMEU NA FLORESTA **81**

VELÓRIO DE JULIETA **85**

O SOL FICOU ENVERGONHADO **89**

A POEIRA LE
VANTOU DO
CHAO SECO.
AS CRIANÇAS
FORAM OBRI
GADAS A IN
TERROMPER
A BRINCADEI
RA QUANDO
A CAMINHO
NETE CHEGOU
CANTANDO

GUARANI E CAPULETO

A poeira levantou do chão seco. As crianças foram obrigadas a interromper a brincadeira quando a caminhonete chegou cantando pneus.

As mulheres pararam com seus afazeres e se aproximaram do veículo indesejado. Os homens, de cabeça erguida e vingança nos olhos, cercaram o carro. A vontade que todos tinham era de bater naquelas três pessoas que acabavam de chegar.

A buzina disparou. A rotina do assentamento indígena foi quebrada com a chegada de Teobaldo, o sobrinho do fazendeiro, e de outros dois funcionários da fazenda.

— Estou aqui para deixar um recado: se continuarem com essa ideia maluca de levar adiante o processo jurídico da demarcação de terra, eu não me responsabilizo com o que pode acontecer com vocês. Muita gente vai se machucar – provocou o sobrinho do fazendeiro descendo do veículo e encarando todos do assentamento.

Os dois funcionários da fazenda permaneceram no carro, apontando as armas na direção dos indígenas.

O clima era tenso.

– Se alguém vai se machucar, será alguém que trabalha na fazenda. E não pense que pode falar assim com a gente só porque dois capangas fazem sua proteção – revidou o cacique olhando bem nos olhos de Teobaldo.

– Olha só, que índio valente... Vai, pegue o seu arco e flecha e tente lutar contra as minhas armas.

– Você me chama de "índio" só porque quer provocar. Você sabe que a palavra "índio" é carregada de preconceito. Nós somos "indígenas" com muito orgulho. Chegamos aqui muito antes dos colonizadores!

– Ai, ai, ai, lá vem o índio com discurso antropológico de novo – ironizou Teobaldo mais uma vez, ciente de que sua ironia deixava o povo indígena cada vez mais furioso.

– Não adianta provocar porque não vamos mais cair no seu jogo baixo, saiba que a nossa luta não será mais só com a força: vamos lutar pelos nossos direitos, com a lei do nosso lado – retrucou o cacique, que foi aplaudido pelas pessoas do assentamento.

– Onde você viu a lei ficar do lado de vocês? Meu tio conhece muito político influente e vai dar um jeito de emperrar o processo e expulsá-los de uma vez por todas das nossas terras.

– Nós não vamos sair daqui! A nossa cultura pertence a esse lugar.

– Que cultura? Como você pode falar em cultura? Todos vocês usam roupas, assistem televisão e têm telefone celular! Que cultura vocês querem preservar, índio?

Quando Teobaldo falou a palavra "índio" novamente, Mercúcio, um jovem Guarani, ficou irritado com o deboche do sobrinho do fazendeiro. Aproximou-se e deu um soco na cara dele sem se preocupar com as armas que estavam apontadas em sua direção.

O jovem já estava cansado de tanta opressão que vinha da parte do fazendeiro.

– Suma daqui, seu verme destruidor! – berrou Mercúcio com raiva nos olhos. – Você é um *playboy* que não vale nada. Não queremos nem você nem os seus capangas por aqui. E por que eles não atiram em mim? Vamos, vocês não são valentes? Atirem em mim! Atirem em mim!

Os outros Guarani seguraram o jovem descontrolado e o levaram para dentro de uma barraca. Todos sabiam que os empregados da fazenda tinham ordens de não mais atirar nos indígenas do assentamento, mas também sabiam que, no calor das emoções, as coisas nem sempre saem como o esperado.

– Vocês vão ver quem pode mais! – gritou Teobaldo limpando o sangue que escorria do nariz. – Não vou deixar nem uma rede pendurada neste assentamento. Quem sabe, assim, vocês somem de uma vez.

A vontade de revidar era imensa, mas os indígenas não queriam começar mais um tiroteio que poderia provocar mais e mais desgraças. Os indígenas estavam contando com a ajuda da professora do assentamento, uma jovem antropóloga que abraçou a causa da comunidade Guarani. Ela conseguiu articular, com muita astúcia, parcerias com organizações não governamentais e abrir um processo contra a expansão de terras da fazenda.

Com receio de que o grupo indígena fosse ainda mais prejudicado nos confrontos diretos, ela decidiu tentar resolver as diferenças de um modo mais civilizado.

A questão das terras agora era judicial.

Somente quando diminuiu a poeira que a caminhonete levantou, as crianças retomaram a brincadeira.

As mulheres carregavam as redes cortadas no colo como se fossem crianças que precisavam de cuidados.

FESTA NA FAZENDA DO VELHO CAPULETO

O fazendeiro ficou furioso ao saber que seu sobrinho se envolveu em mais uma briga com os Guarani do assentamento, o único grupo indígena que não aceitou trabalhar na fazenda de criação de gado. Vários grupos da região aceitaram as propostas que o fazendeiro fez para usar as terras indígenas para que o seu rebanho bovino tivesse mais pasto. O fazendeiro era sempre muito generoso e ofertava caminhonetes, lanchas, equipamentos de rádio e muitos outros agrados aos povos tradicionais para que eles pudessem trabalhar na fazenda. Somente aquele grupo Guarani não aceitou e continuou sua briga para ter de volta as terras.

— Chega de pensar em problemas com os Guarani — disse o fazendeiro para os seus empregados —, hoje a fazenda vai estar cheia de gente. Quero muita comida e bebida para todos. Até mesmo para os índios que trabalham aqui. Esses sim, vocês devem tratá-los bem. Agora, prestem atenção: a segurança deve ser reforçada nas porteiras da fazenda, pois não permito a entrada de nenhum Guarani do assentamento. O show do cantor Leonel tem que ser um sucesso.

Leonel era o cantor sertanejo que mais fazia sucesso em todo o Brasil. Ele foi contratado para fazer um show na fazenda. O fazendeiro queria comemorar o alto faturamento que vinha obtendo com a exportação de carne bovina. Eram esperadas centenas de pessoas: famílias dos trabalhadores, fazendeiros, comerciantes e políticos de toda a região.

A festa prometia ser grande.

* * *

Romeu Guarani não era como os outros jovens de seu povo. Os Guarani do assentamento eram conhecidos por sua valentia e perseverança na luta pela demarcação das suas terras. Agora que estavam juntos com a jovem professora na luta a favor da preservação de suas terras, a força da comunidade aumentou. Estavam todos unidos a favor das tradições indígenas.

Romeu pouco participava das reuniões e dos protestos que já tinham chamado a atenção até da mídia. Ele não gostava de confusão e vivia com a cabeça no mundo da lua.

Romeu era o filho do cacique Guarani, o maior símbolo da luta de resistência contra o fazendeiro. O velho pai gostaria que seu filho fosse mais ativo nas reuniões que a professora organizava, que também defendesse a cultura do seu povo, mas Romeu só queria saber mesmo de encontrar uma namorada e fazer poesia de *hip-hop*. Ele gostava de ouvir críticas sociais nos versos, mas não gostava de concretizar aquilo que ouvia.

– Hoje a noite vai bombar! Nosso programa está garantido! – disse Mercúcio, empolgado e relembrando a notícia de que o astro sertanejo Leonel faria show na fazenda. – Se não podemos expulsar aqueles idiotas que trouxeram os bois para nossas terras, ao menos vamos lá curtir o show!

Os jovens Guarani se animaram. Exceto um deles.

– Mas não podemos entrar na fazenda – disse Romeu.

– O que é isso, Romeu? Não vem com desânimo! Nós vamos ao show! Vamos agitar a festa na casa daqueles idiotas que tomaram a nossa terra. E você, amigo poeta sonhador, vai com a gente.

– Embora eu não seja fã número um do Leonel, até acho suas músicas bacanas. – disse Romeu. – Mas não estou nem um pouco a fim de ir. Vai ter muita gente...

– Olha só o poeta depressivo de novo – ironizou Mercúcio.

– E se eles descobrirem – continuou Romeu – que entramos de penetra, vão cair em cima de nós. Nem pensar!

– Romeu, para de ser caidão! Se anime! Se eles vão controlar as porteiras, a gente entra pela mata. Essa terra é nossa e essas matas a gente conhece bem. Lá dentro, a gente se mistura com os outros indígenas e ninguém vai perceber que entramos. Bem que eu tenho vontade de dar outro soco no Teobaldo! Como eu odeio aquele sobrinho besta do fazendeiro! Mas estamos indo lá para curtir o show, não para brigar. Juro que vou tentar me controlar.

– É, mas os capangas deles vão estar de olho em nós – insistiu Romeu. – Isso não vai dar certo. Entrar de penetra na festa da fazenda é loucura. Não vou.

– Para de ficar com cara azeda! Vamos curtir a balada, sim. Meu plano é o seguinte: nós vamos entrar disfarçados – completou Mercúcio.

– Disfarçados?

– Claro que sim. Todos nós vamos colocar chapéus de caubói. Assim curtimos a festa sem sermos reconhecidos. Vai ter tanta gatinha cheirosa lá...

– Chapéu de caubói? Você está louco? Nós não usamos isso! O chapéu é símbolo da fazenda que tanto odiamos – irritou-se Romeu.

– Estou sabendo! Fica calmo, mas não vou perder esse show por nada. Eu até consegui alguns chapéus emprestados.

– Ai, ai, ai... Mercúcio, se você não fosse o meu melhor amigo eu viraria as costas e iria para o meio da mata fazer alguns poemas e ficar com os meus pensamentos. Eu sinto medo de entrar na fazenda, mesmo usando chapéus como disfarce. Mas, se meus amigos querem, eu não vou decepcionar vocês. Estou dentro.

Todos os amigos de Romeu se animaram.

– Eu me sinto pesado – completou Romeu –, mas ainda tenho força para arrastar meus pés. Vocês me convenceram a ouvir as letras que só falam de amor do cantor Leonel. Vamos ao show. Não me custará nada esquecer o *hip-hop*, só por uma noite.

O SHOW DO CANTOR LEONEL

O velho pecuarista Capuleto recebia com sorriso todos os convidados. Ele queria passar a imagem de que não se preocupava com a decisão da Justiça de obrigá-lo a devolver parte da sua fazenda para os indígenas do assentamento. No dia do show do cantor Leonel, ele foi simpático com os convidados que chegavam. Queria conquistar a simpatia de todos, pois sabia que precisaria de união de forças para continuar explorando mais e mais terras indígenas.

Perfumados, os jovens Guarani em silêncio cruzaram a mata. Estavam decididos a sorrir na casa do inimigo.

O show estava empolgante: jovens, adultos e até os idosos aplaudiam e dançavam enquanto o cantor Leonel soltava sua voz conhecida por todo o Brasil.

– Um cantor com a fama dele deve ter cobrado uma fortuna de cachê – disse Mercúcio ao constatar que a festa era imponente. – Esse velho fazendeiro ganha uma grana alta explorando as nossas terras e contratando indígenas de outros grupos para trabalhar, assim ele aumenta o seu saldo bancário para gastar com festas idiotas...

Os outros jovens concordaram com o comentário de Mercúcio, mas não queriam perder tempo com assuntos complicados naquela hora. O tempo era de diversão.

Os penetras se perderam no meio da multidão.

Romeu, como sempre, estava com o pensamento distante. Ele até que se esforçava para gostar das letras do astro sertanejo, que eram bonitas, muito bem feitas, mas que, para ele falavam somente sobre perdas e ganhos de amor.

Enquanto a cabeça distraída de Romeu pensava em mil coisas ao mesmo tempo, seus olhos se fixaram em uma garota e algo extraordinário aconteceu.

– Como pode ela brilhar muito mais do que todas as luzes que estão apontadas para o cantor Leonel? – suspirou Romeu. – Não dá para dizer que ela é só linda, seria pouco para descrever a sua beleza. O seu jeito, que mistura um pouco de menina e de mulher, acordou o meu coração!

A garota dançava sozinha, lentamente. Estava de olhos fechados, um pouco afastada da multidão. Era como se não houvesse outro mundo senão o dela. O jovem Guarani, encantado com tanta energia, tirou o chapéu quando se aproximou para vê-la mais de perto.

– A forma como essa garota dança é inacreditável. De longe, ela parece suave, mas ao aproximar, vejo claramente força nos seus movimentos. Como pode ela ser intensa e leve ao mesmo tempo? Ela é contraditória! É a pura poesia! Sua dança ensina como as luzes do show devem brilhar. Nunca vi ninguém com tanta força no olhar, mesmo quando eles estão fechados.

Ingenuamente o jovem Romeu não percebeu o erro que cometeu ao tirar seu chapéu. Sem seu disfarce, ele estava completamente exposto e qualquer pessoa poderia reconhecê-lo. Estava na casa do seu maior inimigo, um homem disposto a fazer qualquer negócio para conseguir mais terras para o seu gado e plantação.

UM GUARANI APARECEU

Leonel sabia muito bem como agradar o público, ele tinha suas piadas prontas e mandava beijinhos arrancando suspiros das mulheres.

Romeu não tirou os olhos de Julieta, que dançava indiferente aos galanteios do cantor sertanejo. A garota dançava com uma firmeza incrível. Ela era segura demais para se deixar levar só por beijinhos forçados de um artista famoso.

A paixão cega deixa o homem cego.

Sem se dar conta de que estava totalmente reconhecível sem o chapéu, Romeu procurava o melhor ângulo para olhar a garota que ele acabara de conhecer, mas que conseguira mexer muito além da sua imaginação.

Durante o show, nem todos estavam tão cegos como a paixão de Romeu. Teobaldo, o primo de Julieta, que estava com um curativo no nariz, ainda guardava raiva dos Guarani do assentamento. Eram marcas que não iriam se apagar tão cedo. Mesmo estando tonto depois de tomar remédios para passar a dor que sentia em seu rosto, depois do soco que recebeu de Mercúcio, ele reconheceu Romeu.

– O que esse Guarani babaca faz na minha festa? Tio, vou chamar os seguranças e mandar tirar o intruso. Aquele Guarani do assentamento entrou na nossa festa. Como ele fez isso?

– Calma, sobrinho – disse o fazendeiro –, você tem certeza de que é mesmo um Guarani do assentamento? Se for isso mesmo, ele é muito ousado.

– Eu o conheço, ele é o filho do cacique e melhor amigo do cara que me deu um soco. Até agora não sei como ele entrou aqui. Esse cara, tio, não veio sozinho, a turma dele está aqui, com certeza. Vamos mandar todos os indígenas tirarem os chapéus que eu dou um jeito neles. É a nossa hora da vingança.

– Calma, Teobaldo! Você está furioso porque ainda é jovem, tem muita energia e precisa extravasar. Esses índios devem ter vindo pela floresta, eles são danados para andar nessas matas. Tudo bem, não faça nada agora. Não quero estragar a minha festa, afinal o show desse cantor Leonel custou uma fortuna.

– Mas, tio, como você vai permitir que os Guarani do assentamento tirem sarro da nossa cara na nossa própria casa?

– Esta casa é minha, não sua, entendeu? Quero que você fique quieto. Hoje não vai ter confusão. Guarde a sua vingança para depois. A imprensa está aqui hoje, todos estão de olho na gente. Na hora certa, vamos dar o troco. Quando eu olho a cara do filho do cacique, não consigo imaginar que ele seja filho daquele homem. O cacique é um cara rebelde! Mas olha o filho dele! Que cara de bobo que ele tem...

Teobaldo, mesmo obrigado a reprimir a sua raiva, tinha certeza de que Romeu não escaparia da sua fúria por ter mostrado tanta audácia.

Romeu, que continuava boquiaberto admirando a garota que misturava, em um mesmo movimento, força e delicadeza, nem percebeu que o haviam descoberto.

Enquanto ele pensava na melhor maneira para falar com aquela garota maravilhosa que não abria os olhos e dançava sem esbarrar em nada e em ninguém, os seus inimigos já sabiam da sua presença. Agora seria uma questão de tempo. Mais cedo ou mais tarde, os Capuleto iriam revidar essa ousadia.

Quando se deu conta de que estava sem chapéu, o colocou de volta.

Agora já era tarde demais.

QUANDO A DANÇA TERMINOU

O refrão da música de maior sucesso de Leonel dizia que "Quando olho nos seus olhos, os meus olhos se iluminam. Mina, mina, mina, me ilumina". Quando ele acabou de cantar, o público ficou em êxtase por um tempo, respirando em silêncio as notas musicais da canção.

Julieta ainda estava de olhos fechados quando Romeu segurou a sua mão. A garota sorriu de lado. Era como se soubesse que ele a estivesse olhando há muito tempo.

A mão do jovem fez com que um calor imenso tomasse conta de todo o corpo de Julieta.

— Gostaria de saber como você faz isso — disse Romeu.

— Como assim? — Julieta abriu os olhos, mas não soltou a mão.

– Olhar de olhos fechados.

– Agora eu te vejo, pois estou de olhos abertos – falou Julieta soltando suas mãos das mãos de Romeu.

– Peço desculpas – disse Romeu segurando novamente a mão fugitiva –, se o toque da minha mão foi grosseiro. Eu não queria assustar você. Mas para que tudo fique bem, eu quero beijar a sua boca, pois os meus lábios estão prontos para amar.

– Nem me conhece, já pega na minha mão e já pede um beijo?

– É somente o meu desejo.

– Então sabe fazer rima?

– Do seu beijo eu quero o clima.

– Também gosto de rimar – afirmou animada Julieta.

– Eu prefiro te beijar.

– Com rima, mas sem beijo. Os meus lábios preferem sussurrar o refrão da música do Leonel – falou Julieta com doçura para o jovem indígena.

– Nossas mãos estão grudadas, são histórias encantadas – poetizou Romeu.

– Tudo bem, grande poeta,
também amo poesia,
o suspiro de uma rima

que me enche de alegria – versejou Julieta sem soltar as mãos do Guarani.

– Ao ouvir seus versos doces,

emoções me vão crescendo:

que os nossos lábios façam

o que as mãos estão fazendo – disse Romeu em mais uma tentativa de ganhar um beijo da garota que, além de linda, também fazia poemas de improviso, como ele.

A intensidade do olhar entre os jovens aumentava a cada segundo. Os dois sentiam o toque das mãos, que continuava a causar arrepios nos corpos.

As pessoas pulavam no show do cantor Leonel. O seu enorme sucesso midiático fazia jus ao seu carisma. Porém, mesmo com toda a gritaria do público, Romeu e Julieta pareciam estar fora do mundo. Para os dois, só havia aquele momento, nada mais. O momento em que as mãos dos dois jovens se tocavam e as poesias floresciam.

– Quatro mãos estão unidas,

dois olhares se encontrando,

duas bocas muito próximas

e por elas respirando.

Esta conta não termina,

é o amor multiplicando – disse Romeu tentando outra vez dar um beijo em Julieta.

– Você é bom em matemática,

em poema e ironia,

mas não vou beijar você,

entendeu minha poesia? – falou Julieta se afastando do jovem Guarani.

– Toda vez que me diz "não",

sei que quer dizer um "sim";

no meu pobre coração

nasce a flor de um jardim.

Ela sorriu. Entre delicadas carícias e sorrisos de canto de boca, um beijo doce apareceu. O suspiro dos amantes era tamanho que eles não escutaram mais a música do cantor famoso. Era como se o mundo tivesse parado completamente.

– Só agora eu descobri

o que é mesmo uma paixão,

é o amor que nos enfeita

com a cor do coração – ele disse, completamente entorpecido com o beijo que acabara de ganhar.

– Meu querido, seu poema,

já me trouxe um arrepio,

como pode a noite quente

ter me dado calafrio?

– Vê como eu também sei fazer versos com rapidez? Será que isso é a prova viva de que estou apaixonada?

Centenas de pessoas aplaudiram o final do show do cantor Leonel.

Romeu e Julieta estavam de olhos fechados, rodopiando de tanta felicidade.

Em nenhum momento os jovens apaixonados se sentiram intimidados pelo fato de pertencerem a origens diversas.

Eles não conseguiam encontrar grandes explicações para a pequena palavra amor.

ACORDA, JULIETA!

– O que é isso, menina? O que está fazendo de olhos fechados aí no meio desse povo todo? Acorda, Julieta! Seu pai procura você por toda a parte – disse a empregada da casa da fazenda.

Romeu rapidamente se afastou após a aproximação da mulher reclamona.

A jovem apaixonada partiu, mas não antes de dizer para Romeu somente com o olhar que ela estava derretida por todas as suas poesias, sorrisos e beijos.

As luzes do palco se apagaram e as pessoas se prepararam para voltar para suas casas. Os mais jovens decidiram ficar, com a esperança de que algo inédito pudesse acontecer de última hora.

– Quem é essa garota que apareceu na minha vida? Eu nem a conheço... Como posso me apaixonar assim no primeiro encontro? Nem ao menos sei seu nome. É isso o que eu preciso descobrir – pensou Romeu.

Com muito cuidado, ele seguiu os passos da jovem; ela havia ido em direção à casa principal. Agora que saía de perto da multidão, Romeu não poderia descuidar-se. Muitos funcionários da fazenda, ou até mesmo Teobaldo, poderiam reconhecê-lo a qualquer momento. Mesmo assim, a vontade de descobrir quem era essa garota foi mais forte e ele chegou bem perto da casa. Por sorte, a mulher que havia chamado Julieta apareceu.

– Você chamou uma moça para dentro logo após o término do show, como ela se chama? – perguntou Romeu, eufórico.

– Você não sabe quem é ela? Se você não a conhece, é melhor não a conhecer – afirmou a empregada da casa da fazenda.

– Como assim? Preciso saber o nome dela agora mesmo.

– Se eu fosse você, garoto, não iria com tanta sede ao pote. Quando a vontade de comer é grande, a comida fica indigesta.

– Pare de usar metáforas e me diga o nome da garota.

– Julieta.

– Julieta, que nome lindo!

– Mas não se empolgue, pois ela é a Julieta Capuleto, filha do dono desta fazenda. E para um indígena como você, ela não vai dar a menor bola. Volte para a sua comunidade e arrume uma moça de lá mesmo. É melhor destruir os seus sonhos antes que eles fiquem grandes demais.

A empregada da casa da fazenda entrou.

Romeu apertou o chapéu contra o peito. Desolado, começou a vagar pelos jardins da casa grande.

O refrescante cheiro de lavanda estimulou sua criatividade poética.

– Como pode esta moça

que acendeu minha paixão,

ter o nome Capuleto,

de origem e tradição?

Quer dizer que o coração

eu entreguei ao inimigo?

O que isso quer dizer:

dor, amor, paixão, perigo?

Ela é mesmo Capuleto?

Eu não posso acreditar!

Quem me cobra esta dívida

que eu tenho que pagar?

Com meu grande inimigo

o destino quer brincar.

Julieta, que havia visto a sua empregada conversar com Romeu, também quis saber quem era aquele jovem de beijo doce e poesia firme.

– Menina, destruir um sonho antes que ele comece a crescer é o melhor que você pode fazer agora. Não sonhe com aquele rapaz – insistia a empregada já cortando toda e qualquer expectativa da jovem apaixonada.

– Você fala isso só porque ele é indígena, que preconceito! Claro que meu pai vai reclamar um pouco do nosso namoro, mas eu já tenho idade para saber o que eu quero da minha vida – retrucou Julieta.

– Não é nada disso! Você sabe que eu não tenho preconceito contra eles e nem contra ninguém. Na minha família toda tem pessoas indígenas. Mas eu falo por outro motivo, minha filha: você não pode se apaixonar, Julieta, porque aquele garoto é o Romeu Guarani, filho do cacique do assentamento.

– Ele é um Guarani do assentamento? Não é possível... Ainda mais é o filho do cacique! Aquele homem que quase levou o meu pai à cadeia por causa dessas terras? Eu me apaixonei por um inimigo, como isso aconteceu? Como eu vou encontrar o meu coração, que está perdido? Como posso amar alguém que me mandam odiar?

ACABOU A GRANDE FESTA

Os funcionários da empresa que montou o palco, a luz e o som começaram a desmontar toda a estrutura. Esse trabalho iria tomar a noite inteira. Já não havia mais convidados e as luzes da casa da fazenda estavam totalmente apagadas.

Romeu ainda perambulava por ali, não havia conseguido ir embora. Os seus amigos até o chamaram, mas ele resolveu ficar fazendo poesias pela fazenda do maior inimigo do seu povo.

– Eu não posso ir embora,
pois de amor enlouqueci:
se minha amada é o inimigo,
quero então morrer aqui!
Do meu peito já fugiu

o meu pobre coração,

pois agora estou sofrendo

os efeitos da paixão.

Vou tentar falar com ela

pra ver se trago de volta

meu perdido coração

que viveu reviravolta.

Sei que posso até ser preso

se alguém me encontrar.

pouco importa o perigo,

o que importa é sempre amar.

* * *

Romeu resolveu caminhar para perto da casa da fazenda.

– Será que todas essas pessoas que aqui estavam dançando e sorrindo não têm pensamentos malucos que se repetem como os meus? – divagou Romeu. – Se o riso deles foi por alguma ferida, é claro que eles não sofreram nada. Mas eu estou aqui sofrendo no jardim dos Capuleto, os maiores inimigos do meu povo. A ganância deste fazendeiro em expandir as suas terras quase acabou com a nossa cultura. Nossa língua por pouco também não foi extinta. Este homem trouxe tanto boi para cá que acabou poluindo os nossos rios. A maioria das nossas matas virou pasto e, agora, ele serve a carne desses bois para os indígenas... Que mundo louco! Não quero nem pensar no que pode acontecer se alguém me encontrar aqui. Uma luz acendeu na casa? Quem será que está acordado a uma hora dessas? Deve ser alguém tão angustiado como eu... A porta-balcão da sacada está sendo aberta... Não posso acreditar que é Julieta! Sim, é ela... Como é suave... Preciso me esconder. Se ela perceber que estou aqui, vai se assustar e seu grito pode acordar alguém. Não consigo ficar sem fazer nada. Mas o que eu posso fazer? Não dá para sair gritando que eu estou apaixonado, seria preso na hora. Mais uma vez eu vou fazer o que me alivia. Poesia.

A presença dessa jovem
faz ciúmes para lua;
gostaria de dizer
que seu rosto acentua
o calor do meu amor
quando vê a boca tua.
Oh, amor, meu grande amor,
ainda guardo seu beijo,
de sentir o seu perfume
permanece o meu desejo.

Se a mais bela das estrelas
de mais brilho precisar,
basta que peça emprestado
a luz do seu lindo olhar.
Se seus olhos estivessem
no céu eles lançariam
raios de tanto esplendor
que as aves cantariam
todas vinte e quatro horas
e da noite esqueceriam.
Veja como encosta o rosto
na sua mão com perfeição.
Ah, se eu fosse uma luva
pra vestir aquela mão
e tocar seu meigo rosto
num momento de paixão!

Para a surpresa do inspirado Romeu, Julieta, que admirava a noite e o cheiro de lavanda do jardim, também resolveu conversar consigo mesma. Ela queria entender de onde havia nascido tanta inspiração, tanta paixão. Ela sempre gostou de fazer poemas, porém nunca teve tanta fluência para fazer os versos de improviso. Mas, na presença daquele indígena elegante, sua poesia fluiu como as águas leves de um rio.

– Lua, lua, linda lua,
me responda urgentemente,
onde está o meu Romeu
que não sai da minha mente?
Ah, Romeu, Romeu, Romeu,
negue o nome, por favor;
renuncie o "Guarani"
e me jure todo amor,
não serei mais Capuleto
só pra ter o seu calor.
Sim, teu nome é o inimigo,
mas um nome tem valor?
Se eu trocar o nome "rosa"
por qualquer nome que for,
não teria o mesmo aroma
o perfume dessa flor?
Meu Romeu, risca teu nome,
fica com meu coração...

Escutando tantos poemas nascidos no coração de sua amada, Romeu não resistiu a permanecer escondido por muito tempo. Tomou coragem e completou a estrofe da amada:

– Nunca mais serei Romeu, só me chame de paixão!

Julieta, surpreendida com a voz que apareceu de repente no jardim, disse:

– Quem está no meu jardim
que desvenda o meu segredo?
A voz veio de surpresa,
mesmo assim não me dá medo.
Romeu permaneceu em silêncio.
– O dono da voz é quem
já ganhou um beijo meu?
Reconheço, é o Guarani,
não será o meu Romeu?

Romeu saiu do esconderijo e caminhou para o centro do jardim da amada:

– Nem Romeu, nem Guarani,
se não é de seu agrado,
nomes não têm importância
pra quem vive apaixonado.
Julieta e a lua sorriram.
– Mas, Romeu, fale mais baixo,
ninguém pode ver você,
se acordar alguém agora,
eles podem te prender!

Um sorriso tomou conta do rosto de Romeu ao constatar que a sua amada também se preocupava com ele.

– Julieta, eu já fui preso
pelas garras da paixão,

sem você sempre ao meu lado,
eu prefiro até a prisão.
Pela espada dos seus olhos,
hoje à noite eu fui ferido.
Basta que me olhe com amor
que estarei bem protegido.
Esta noite é o meu escudo
que me deixa escondido.
A lua brilhou um pouco mais.
– Meu amado, eu tenho medo
que alguém possa te encontrar.
Como eu quero o seu bem,
com licença, eu vou entrar.
Uma nuvem encobriu a lua.
– Se você partir, querida,
tudo perde seu valor.
É melhor morrer de vez
do que não ter seu amor.
O amor não tem barreiras
e eu estou apaixonado!
A paixão que me guiou
me deixou encorajado,
dei a ela os meus olhos,
me entreguei pra ser guiado.

Uma leve brisa afastou a nuvem que ofuscava o brilho da lua.

– Sua fala, meu Romeu,
é tão doce e encantada
que até fez a minha face
ficar toda avermelhada.
Eu não quero ser difícil,
pois te amo de verdade,
se você me ama mesmo,
diga com sinceridade.

A essa altura da conversa, Romeu estava embaixo da varanda e procurava algum jeito de escalar para ficar próximo da sua amada.

– Julieta, eu juro amor,
pela lua tão brilhante!
Acredite que o que eu sinto
tem a força de um gigante
e deixou a minha vida
cem mil vezes mais pulsante.
– Mas, Romeu, não jure assim
porque a lua é inconstante,
jure só por você mesmo
que acredito nesse instante.
– Então juro só por mim,

dia e noite, noite e dia,
pois se a gente não der certo
não terei mais alegria.
– Mas, Romeu, o nosso pacto
é demais precipitado,
como um raio que aparece
e já foge apressado.
Sei que agora estou alegre,
porém vivo a tristeza –
sempre sou contraditória
quando tenho a incerteza.
Com tanta contradição,
só me resta ir embora.
Meu querido, boa noite,
parta antes da aurora.

A jovem entrou e fechou a porta-balcão do seu quarto.

– Julieta, como pode
você agora ir assim?
Vou ficar enlouquecido,
solitário no jardim!

Julieta retornou para a varanda.

– Meu amado, o que mais,
você pode desejar?

Se nós dois já conjugamos
como é o verbo amar.
– Minha doce Julieta,
eu preciso mais que um beijo,
pois ficarmos lado a lado
será sempre o meu desejo.

Com muita habilidade, Romeu encontrou um jeito de alcançar a varanda.

– Romeu, com sua presença
vou abrir meu coração;
ter você apaixonado,
dando rimas à paixão,
até as flores do jardim
tremem com tanta emoção.
Meu Romeu, qual é a palavra
que o nosso amor explica?
Quanto mais amor eu dou,
muito mais amor me fica.
Ouço alguém aqui de dentro,
me chamando para entrar.
Doce amado, eu já vou,
mas em breve vou voltar!

Romeu não se intimidou, mesmo sabendo que alguém de dentro da casa estava procurando por Julieta.

– Se você partir, querida,
eu me solto e vou ao chão.
eu preciso de algo mais
pra acalmar meu coração.
Essa noite é tão bonita,
mas eu temo uma cilada,
se esse amor for só um sonho,
amanhã não terei nada...
– Romeu, isso não é sonho,
é um encontro verdadeiro,
hoje o nada virou tudo,
pois o amor fez o roteiro.
Boa noite, meu amor,
boa noite com alento,
se quiser casar comigo,
diga já nesse momento
que marcamos hoje mesmo
quando é nosso casamento.

As nuvens se esconderam e a lua voltou a brilhar com toda intensidade.

– Julieta, esta noite
é uma música em meus ouvidos,
amanhã vamos casar,
ficaremos mais que unidos...

– Romeu, eu preciso entrar,
me chamaram novamente;
cada verso que fizemos,
vou guardá-los em minha mente.
Essa noite tão poética
já nos deu mais de um presente.
Antes de partir te digo
que o seu nome é tão bendito,
sua boca e seu olhar,
seu silêncio e seu grito...
Ô, Romeu, Romeu, Romeu,
só teu nome eu repito.

Novamente, alguém de dentro da casa chamou Julieta para entrar. Sentindo o cheiro da respiração da sua amada misturado com o cheiro de lavanda, Romeu disse:

– Você é um doce encanto
que repete o meu nome:
minha fome de amor
no seu nome me consome,
isso é pura harmonia
que já mata a minha fome.
Antes de você partir,
mais um beijo eu gostaria
pra que seu doce perfume

seja minha companhia.

– Meu Romeu, o seu pedido
só me enche de alegria.
Despedida é dor tão doce
que aqui mesmo eu ficaria
repetindo "boa noite"
até ver raiar o dia.

Um beijo silencioso foi trocado entre os amantes. O jardim da casa da fazenda perfumado a lavanda respirava poesia. Depois de combinarem o local do casamento, Romeu entrou na mata, de volta para a sua comunidade.

Cada pulo que ele dava iluminava a trilha escura.

Julieta ficou sentindo o beijo do seu amado a noite toda. E não dormiu.

FERIDO POR QUEM?

– Romeu, o que foi isso? Caiu da cama? Para levantar cedo assim, é sinal de que está desesperado – disse a professora, que acabara de chegar à escola improvisada.

Além de promover as reuniões com as organizações não governamentais e trabalhar na elaboração do processo jurídico que obriga o fazendeiro a deixar de utilizar as terras do povo Guarani, a jovem antropóloga também dava aulas para as crianças, jovens e adultos do assentamento.

– Isso mesmo, professora! Essa noite eu nem dormi, mas sinto que estou totalmente relaxado.

– Nossa, Romeu! De onde vem tanta inspiração? Nunca ouvi você dizer que estava bem.

– Eu feri quem me feriu.

– Não entendi sua metáfora. É melhor me explicar direitinho a razão de tanta alegria porque até ontem você estava andando cabisbaixo por todo o canto.

– Ontem nós fomos ao show do cantor Leonel, na fazenda.

– Vocês são loucos, é isso? Que perigo! Vocês querem destruir todas as negociações pacíficas que estamos construindo? Não sei onde estão as cabeças de vocês... Alguém foi reconhecido?

– Relaxa, professora... Tinha muita gente, eles nem perceberam que estávamos lá.

– Ainda bem... Se eles reconhecessem vocês, ninguém sabe o que poderia ter acontecido. Na verdade, eu sei. Eu sei muito bem o problema grande que teríamos. Todo o nosso trabalho seria jogado no lixo. Romeu, você foi criado no mato e sabe muito bem que não se deve cutucar a onça com vara curta. Entrar na fazenda? Que absurdo!

– Ninguém reconheceu a gente, professora! Nós usamos chapéus de caubói como disfarce.

– Não acredito que os Guarani do assentamento usaram chapéu de caubói! O símbolo máximo da cultura do colonizador... O que esses jovens não fazem por uma balada? E o que mais você tem para me contar? Garanto que toda essa alegria não vem só das músicas do Leonel. Sei que você curte mesmo a poesia do *hip-hop*, e não músicas que só falam de amor.

– Eu estou apaixonado. Eu estou apaixonado! Professora, eu estou mais do que apaixonado!!!

– Apaixonado? Que bom! Por quem, Romeu, posso saber?

– Por quem eu não deveria.

– Como assim?

– Eu entrei na casa do meu inimigo e vi de perto as cores da paixão. Eu me apaixonei pela Julieta Capuleto, a filha do fazendeiro. Professora, eu estou apaixonado pela filha do fazendeiro!

– Romeu, você não está falando sério!

– Nunca falei tão sério em toda a minha vida.

– Quer dizer que está apaixonado por ninguém menos do que a filha do maior inimigo do seu povo? Não acredito.

– Professora, isso é uma coisa que nem você nem ninguém consegue ensinar. Como fazer o cálculo do amor! Ela é linda, meiga, suave, encantadora e até sabe fazer versos... E o melhor... Ela também está apaixonada por mim e queremos nos casar.

– Eu sei que você é jovem e se deixa levar pela paixão, mas é claro que esse amor está somente nos seus olhos. Ainda não deu tempo de chegar ao coração. Para dizer que realmente ama alguém, precisa de um tempo maior, não apenas de uma noite.

– Professora, não quebra o clima. A gente se ama e pronto. Eu senti dentro do meu peito tudo aquilo que aconteceu. Foi uma paixão louca que nos abraçou. Veio tanta inspiração que você nem acredita! Nós dois fizemos milhares de poemas. Esse aqui eu fiz agora. Ouve, professora.

Sei que eu amo a Julieta,
com afetos e ternuras,
eu senti sua verdade
ao trocarmos nossas juras.

– Realmente a poesia é linda: muito bem rimada e metrificada, mas sem nenhum pingo de razão. Onde isso vai parar, Romeu?

– Não é você que ensina a gente todo dia que devemos ir atrás do que acreditamos? Não é você que diz que devemos correr atrás dos nossos sonhos?

– Sim, eu sei. Mas eu falo isso quando me refiro à demarcação das terras. Realmente não devemos deixar que o gado invada a terra indígena destruindo uma cultura milenar. Mas com o amor é diferente, Romeu...

– Professora, tudo o que a gente quer é sonho que pode virar realidade ou não, só depende da nossa vontade.

– Na verdade, eu fui pega de surpresa nessa história toda. Mas, pensando bem, esse seu amor pela filha do fazendeiro não é tão ruim. Eu conheço a Julieta. Ela participa dos nossos encontros. Ela é uma menina de opinião...

– Sabia que iria concordar comigo, era só uma questão de tempo.

– Não estou concordando com o amor de vocês. Esse amor é uma loucura. Mas na loucura de vocês, vejo que muita coisa boa pode acontecer. Acompanha o meu raciocínio, Romeu: quem sabe a união do filho do cacique com a filha do pecuarista possa mudar o rumo da história. Quem sabe, depois que vocês se unirem, os ânimos possam se acalmar e os conflitos possam ser solucionados com diálogo e não como vêm sendo resolvidos até agora, à base de pancadaria. Sei que as brigas não vão acabar de uma vez, mas acho que depois do casamento de vocês, podem minimizar.

– Pra falar a verdade, professora, eu nem tinha pensado nisso. Só estava vendo o amor que eu sinto por ela. Mas você tem razão. Se o que a comunidade quer é chegar a um acordo que ninguém mais se machuque, esse é o momento. Precisamos da sua ajuda, professora. Fale com o pessoal do cartório agora mesmo. Eu marquei com a Julieta que já está lá nos esperando.

– Romeu, por que você marcou com ela no cartório?

– Para casar de verdade. Só assim, com papel passado, a gente vai poder ficar junto.

Realmente aquela manhã seria inesquecível. A professora, quando acordou e foi dar aula para as crianças, não sabia que receberia uma notícia avassaladora como aquela. Após pensar e refletir bastante, percebeu que a união dos dois, registrada em cartório, poderia acalmar os ânimos na região. Claro que ela sabia que o pai de Julieta não aceitaria tão facilmente essa união, mas documento registrado em cartório tem valor legal... Então ela resolveu falar com seu amigo tabelião para preparar a certidão de casamento. Um ato inédito naquela região, mas que poderia trazer a paz para todos.

Ao menos, era o que ela esperava.

– Eu sabia – disse Romeu – que iria ajudar. Você sempre ajuda a todos da comunidade. Por que não ajudaria o poeta solitário? Vamos já, professora!

– Vamos, sim! Mas tenha calma, pois quem mais corre, mais tropeça.

A professora ligou a moto e partiu para o cartório com o poeta mais apaixonado de todos os tempos na garupa.

Antes de deixar a aula, ela deu uma tarefa para os alunos: escrever e desenhar o que mais eles gostariam que acontecesse na comunidade. A palavra que mais apareceu foi "paz" e o "coração" foi o mais desenhado.

CASAMENTO COMBINADO – CARTÓRIO

Quando Romeu avistou sua amada na entrada do cartório, seu coração acelerou enlouquecidamente. Pulou da moto e correu para dar o abraço mais profundo que qualquer casal já havia dado naquele lugar.

A professora conversou com Julieta e explicou que estava ajudando os dois a se casarem somente porque via naquela união uma maneira de reduzir os conflitos entre o fazendeiro e a comunidade do assentamento. Também perguntou para a jovem apaixonada se ela tinha noção da grande responsabilidade que teria após a assinatura da certidão em cartório.

Julieta sabia muito bem que teria sérios problemas com o seu pai. Claro que o fazendeiro não iria aceitar o casamento de sua filha única com o filho do cacique do assentamento. Mas ele também conhecia a personalidade da filha, que sempre que possível apoiava os povos tradicionais. Mesmo amando seu pai, a garota nem sempre concordava com o que ele fazia.

A esperança de todos era de que o velho fazendeiro repensasse sobre a invasão das terras Guarani.

A professora conversou com o tabelião, recolheu os documentos dos dois jovens e acompanhou o preparo da certidão de casamento. Ela mesma seria a testemunha. Com este casamento reconhecido em cartório, estaria legalmente oficializada a união entre os filhos de dois grandes rivais.

Em um primeiro momento, o tabelião se recusou a elaborar a certidão de casamento, justificou que não queria comprar uma briga eterna com o fazendeiro. Mas a professora, com muita astúcia, explicou que o casamento poderia trazer paz para a região. O tabelião, como quase todos os moradores da cidade, sofria demais com os conflitos. Ele tinha parentes tanto indígenas, que moravam no assentamento, como parentes que trabalhavam na fazenda e sabia muito bem os apuros que todos passavam com tantas desavenças. Logo após o almoço, os documentos estavam prontos e os três retornaram ao cartório para assinar a certidão.

Oficialmente, os dois amantes estavam unidos. Nem o pai de Julieta nem o pai de Romeu tinham a menor ideia do que os filhos acabavam de fazer.

A professora estava apreensiva, porém esperançosa que tudo o que ela havia feito seria para o bem de todos. Agora era somente esperar que o pai de Julieta aceitasse o casamento para que as brigas diminuíssem.

Após o casamento, Julieta voltou para casa. Não queria dar motivo para ninguém desconfiar da sua ausência por tanto tempo.

Romeu saiu às ruas, parecendo uma criança que acabara de tomar um sorvete em dia de calor. Pulava, soltando versos apaixonados pelo vento.

Toda essa alegria que abraçava o jovem amante foi interrompida por uma briga.

Mercúcio, seu melhor amigo, discutia feio com Teobaldo, primo de Julieta, que o havia intimado a dar explicações por terem entrado de penetra na festa da fazenda. Tudo isso bem no meio da praça, no centro da cidade.

– Seu índio idiota, que loucura foi aquela de irem ao show do Leonel na casa do meu tio? – berrava o primo de Julieta, que estava acompanhado dos empregados da fazenda.

– Fomos e curtimos demais! E idiota é você, seu engomadinho que ajuda o velho fazendeiro a acabar com a nossa cultura. Da próxima vez, me chame de "indígena", pois, se você me chamar de "índio" de novo, vou dar mais um soco no seu nariz para você se lembrar da nossa cultura todos os dias – desafiou Mercúcio.

– Vocês usam fogão, relógio de pulso e isqueiro: vocês não têm cultura nenhuma, isso é conversa mole. E vocês vão pagar caro por ter invadido a nossa festa ontem – revidava Teobaldo.

– Só porque usamos isqueiro, não temos cultura? Como você é ignorante! O mesmo pulso que segura o meu relógio está doido para te dar mais um soco.

– Ei, o que está acontecendo aqui? – intercedeu Romeu quando viu que o primo da sua amada discutia com o seu melhor amigo.

Ao reconhecer Romeu, o ódio do jovem Capuleto aumentou.

– Seu canalha! – gritou Teobaldo – Vou quebrar a sua cara.

– Calma, eu estou na paz – disse Romeu tentando dar um abraço no Capuleto furioso.

– Vai embora, não quero encostar em gente da sua qualidade – berrou o primo de Julieta afastando-se de Romeu. – Quero que todos vocês do assentamento vão para bem longe!

– Eu não vou brigar com você, primo! Estou muito feliz esta tarde, devemos ser amigos – contemporizou Romeu.

– Não me chame de primo, seu inútil! – desaforou o primo de Julieta empurrando Romeu, que caiu no chão.

Ao ver Romeu caído, Mercúcio não pôde controlar a raiva e deu um soco na cara de Teobaldo. Este soco foi dez vezes mais forte do que aquele dado no dia em que as redes foram cortadas.

A pancadaria foi feia: outros jovens Guarani e empregados da fazenda Capuleto iniciaram uma briga colossal. Eles se batiam e corriam para todos os lados. Romeu era o único que não brigava. Feito doido, ele pedia paz para todos, dizia que agora não haveria mais conflitos, pois todos eram da mesma família.

Seus pedidos não foram atendidos.

Assustados, os moradores da cidade olhavam passivos a briga entre os inimigos.

Sangue, suor e ira deram fim à alegria de Romeu.

Com o nariz sangrando, Teobaldo conseguiu caminhar até a caminhonete. Pegou a sua arma e atirou em Mercúcio.

A cidade silenciou.

O melhor amigo de Romeu caiu morto.

Vendo que a situação saíra do controle, os jovens Capuleto resolveram fugir antes de a polícia chegar.

A arma do crime foi jogada no rio.

Quando viu o seu melhor amigo morto no chão, o rosto de Romeu mudou de expressão. A vingança tomou conta do seu corpo e ele saiu correndo atrás do primo de Julieta.

– Meu melhor amigo foi morto pelas mãos do primo da minha amada? Como eu permiti isso? Nada disso era para ter acontecido. Devíamos ser tratados como amigos... O amor me deixou fraco! A vida está me cobrando dívidas que eu não quero pagar.

Romeu correu como um maluco até que encontrou o primo de Julieta antes que ele pudesse entrar na caminhonete. Tirou a camiseta e o chamou para a briga: sem armas, sem faca, só com a força das mãos.

Teobaldo bem que poderia ter ligado a caminhonete e fugido, mas o seu orgulho não permitiu. Ele queria vingança e mais uma briga começou.

Romeu, descontrolado, deu tanto soco na cara do primo de Julieta que quebrou três dentes de Teobaldo. O recém-casado empurrou o inimigo para longe. O sobrinho do fazendeiro, muito machucado, tropeçou e bateu a cabeça na guia.

O sangue tingiu a calçada.

– Como eu pude fazer isso? Acabei de matar o primo da minha amada! Ele era o meu parente e eu deveria amá-lo, não fazer com que o seu sangue escorresse por essas ruas que já estão cansadas da cor vermelha. E agora, o que eu vou fazer? Fugir, claro! Ele é rico e influente. Todos virão atrás de mim... Fui um bobo, tornei-me um fugitivo quando deveria ficar aqui. O destino jogou comigo.

A cidade permanecia silenciosa observando os dois corpos caídos.

Como bons Guarani, Romeu e seus amigos foram se esconder na floresta. Ninguém iria encontrá-los, ao menos por enquanto. Em poucos minutos, o delegado chegou à praça e prometeu que os assassinos seriam procurados e iriam ser presos, a qualquer custo. Não importando se os culpados fossem fazendeiros ou indígenas.

Em menos de duas horas, Romeu viu sua vida mudar completamente. Ele, que estava muito animado com o seu casamento feito às pressas, se viu impossibilitado de voltar para a sua comunidade ou até mesmo para a cidade.

Como ele iria falar com Julieta?

O que ela iria pensar a respeito dele? Seu marido acabou de matar o seu primo.

Nenhum poema apareceu para aliviar a angústia de Romeu.

MEU MARIDO É UM ASSASSINO?

Julieta desandou a chorar quando soube que o seu marido havia matado seu primo.

– Minha família está em luto, meu primo foi morto pelo meu amor. Assim é a minha vida? Agora, como poderei encontrar o meu Romeu? Ele não pode nem pisar nesta cidade que vão prendê-lo. A morte do meu primo me faz chorar, mas vou mandar estas lágrimas voltarem para os meus olhos. Não vale a pena chorar pela morte do meu parente. A dor que eu sinto por não ter o meu Romeu por perto é muito maior. Eu me casei há poucas horas, o que eu faço com essa dor?

E a jovem poetisa, que misturava no seu corpo traços de mulher e trejeitos de menina, continuou a dar vazão às suas lágrimas.

Lá na mata, Romeu não conseguiu ficar escondido por muito tempo. Buscou coragem no cheiro da floresta e, mesmo sabendo que poderia ser preso pela polícia, retornou ao assentamento e foi falar com a professora.

Esperava que ela lhe desse alguma palavra de consolo.

– Vou ter que viver fugindo? – disse Romeu. – Nunca mais poderei ver a minha amada? Isso não é justo! Meu mundo agora é mais escuro do que a mais escura caverna escura em uma noite escura no meio da floresta. Não posso e não quero viver sem a minha Julieta.

– Calma, Romeu, deixe de tanta lamentação. Você acabou de matar o primo dela e, pelo jeito dramático como você fala, agora quer se matar também? – disse a professora após arrumar os livros da sala de aula improvisada.

– Como eu posso respirar sem a Julieta? Eu acabei de ser preso pelas garras da paixão, como agora serei preso atrás das grades?

– Você não deveria estar aqui. Sabe que os policiais vão procurá-lo por todo canto. Todos viram que foi você que empurrou Teobaldo. Aqui a notícia voa, Romeu.

– Mas eu não queria matá-lo, foi um acidente.

– Eu sei, Romeu, mas precisamos de um tempo para provar isso.

– Muita gente viu a briga, é só perguntar para o povo.

A professora sabia que Romeu seria facilmente condenado se fosse preso naquele momento. Por isso, precisava ajudá-lo a minimizar sua dor. Ele estava atormentado e seria capaz de fazer qualquer besteira. Ela pensou e sugeriu que ele fosse ver Julieta naquela noite.

– Como assim, professora? – exclamou Romeu. – Não posso nem voltar para a minha comunidade, quanto mais entrar na casa da fazenda! Estão todos atrás de mim.

– Por isso mesmo, Romeu. Ninguém imagina que você teria a ousadia de voltar para a fazenda. Lá eles não vão procurar por você. Você precisa dar um adeus para a Julieta, se explicar pessoalmente e dizer, olhando nos olhos dela, que vai ficar fora por um tempo. Isso vai acalmá-la.

Romeu escutava atentamente tudo o que a professora lhe dizia.

– Se esconda na floresta – continuou a professora – que eu dou um jeito de enviar uma carta para você. Não adianta levar o celular que não terá como carregar.

– Que carta, professora? Não estou entendendo...

– Você vai se esconder no mato, muito bem escondido, longe daqui. Mas precisa deixar algumas pistas espalhadas pela floresta para que o meu mensageiro possa entregar-lhe uma carta. Nessa carta estarão detalhados todos os meus planos.

Romeu queria saber quais seriam os planos que a professora estava preparando para ele. A verdade é que nem ela sabia. Ela apenas queria que ele estivesse a salvo naquele momento, precisava ganhar tempo para organizar melhor as ideias e acompanhar de perto tudo o que estava acontecendo.

Romeu concordou em visitar sua amada naquela noite e, depois, partir para a floresta e aguardar algum amigo lhe entregar a carta da professora.

– Eu faço tudo o que me mandar, professora, só me diga quanto tempo eu vou ficar sem a Julieta.

A professora olhou amorosamente para Romeu e disse:

– É melhor longe daqui do que dentro da prisão, não é? Tudo vai dar certo, Romeu. Quando as coisas se acalmarem e conseguirmos provar a sua inocência, que tudo não passou de um acidente, a alegria da sua volta será bem maior do que a dor que hoje você está sentindo.

Romeu agradeceu e partiu para a casa da fazenda. Ele já conhecia muito bem o caminho pela mata fechada que dava no quarto de Julieta.

O cheiro de lavanda do jardim da casa dos Capuleto o aguardava.

O SONO LEVE DE JULIETA

O jovem fugitivo caminhou pela floresta a passos longos e respiração curta. Como estava aflito para encontrar-se com a sua amada, nem pôde perceber o delicado cheiro de lavanda que imperava sobre a varanda do quarto de Julieta. Ele escalou o muro e entrou pela janela do quarto dela.

Não foi preciso muito esforço para interromper o sono leve de Julieta. Um abraço profundo entre os amantes deixou a noite densa mais suave.

Não houve muitas explicações ou justificativas. Romeu e Julieta se abraçaram profundamente.

Olhos nos olhos dizem mais do que mil palavras.

A respiração ofegante do casal, aos poucos, deu espaço à tranquilidade da união.

Os dois adormeceram abraçados.

O nascer do sol e o maravilhoso canto do uirapuru anunciaram que já era hora de Romeu partir.

– A dor da despedida é tão grande que somente um poema pode acalmar a minha angústia.

– Escutei o uirapuru,
já é hora de partir;
se eu entrei bem escondido,
escondido vou sair.
– Meu Romeu, não diga isso,
o urutau foi quem cantou!
Fique, pois ainda é noite
e o sol nem despertou.
– Mas do belo uirapuru
eu ouvi a melodia,
Veja, amada, o sol nascendo...
Não duvide de que é dia.
– Essa luz é a luz da lua,
creia em mim, meu bom Romeu.
Quem cantou foi o urutau
e o dia nem nasceu.
– Julieta, então afirmo,
quem cantou foi o urutau,
eu prefiro que me prendam
a partir e passar mal.

Julieta, ao perceber que Romeu estava disposto a permanecer em seu quarto, assumiu que havia ouvido o uirapuru pela manhã.

– Romeu, foi o uirapuru,
que cantou agora há pouco.
Eu fiquei assim confusa,
pois seu canto estava rouco.

Julieta chorou ao se dar conta de que o seu Romeu deveria partir. Suspirou à janela do seu quarto, olhando Romeu que sumia pela floresta.

– Vá, Romeu, pois no futuro,
não teremos aflições,
nossas vidas serão doces
como o encontro de paixões.
O destino te levou,
mas destino não tem fim:
fica com Romeu um tempo
e o devolve para mim.

O sol já estava forte nas horas iniciais da manhã.

A manhã havia começado fria para os amantes e o canto do uirapuru ecoava na casa da fazenda.

JULIETA VAI ESTUDAR EM SÃO PAULO

O velho fazendeiro não aguentava mais escutar o choro da sua filha. Era choro de manhã, de tarde e de noite. Como todos na casa da fazenda, ele pensava que Julieta chorava pela morte de Teobaldo. Ninguém desconfiava do seu casamento.

– Julieta, você deve se animar. Sei que todos nós estamos tristes com a morte do seu primo, mas a vida continua, minha filha. Enxugue suas lágrimas.

– Pai, eu preciso chorar, é só isso!

– Filha, chorar um pouco, tudo bem, mas o choro em excesso é tolice.

– Me deixa chorar! Me deixa chorar!

– Eu andei pensando muito e tenho uma notícia excelente para você.

– Não quero nada de bom na minha vida agora, só quero chorar.

– Que desânimo, filha! Sabe qual é o melhor remédio para a tristeza? A alegria! E é isso que essa minha novidade tem. Alegria.

– Não quero ficar feliz! Me deixa chorar!

– Filha, você vai para São Paulo fazer cursinho.

– O quê? Eu não quero ir para São Paulo.

– Os conflitos com aqueles índios do assentamento estão cada vez mais intensos e eu prezo por sua segurança. Aqueles selvagens já mataram o seu primo e também podem machucá-la. Ainda mais você, que às vezes gosta de defendê-los.

– Pai, não os chame de índios! Eles são indígenas, são os verdadeiros donos da terra. Nós é que somos os invasores.

– Quer dizer que agora a minha filha deu para ser revolucionária assumida e apoiar os meus inimigos de uma vez?

– Não é isso, pai! Só não gosto do seu preconceito, você os chama de "índios", "selvagens", só para menosprezá-los!

– Que conversa é essa, menina? Eu não tenho preconceito contra índio, não! Só não gosto do povo do assentamento. Como você fala que eu tenho preconceito? Quantos índios trabalham aqui comigo? Meu problema é com aquele grupo que não se rendeu ao meu dinheiro e, ainda por cima, briga comigo na justiça...

– Eles só estão lutando pelos direitos deles, pai!

– Eu já vi que você está com a cabeça confusa mesmo. Pensar em defender abertamente os inimigos do seu pai é a prova da sua insensatez. Está decidido, você vai para São Paulo fazer cursinho. Já falei com a sua tia que mora lá e ela já arrumou o seu quarto. Passar um ano lá vai fazer bem para você.

– Eu não quero ir!

– Isso é problema seu! Eu estou mandando e você vai. Ponto final.

– Pai, me escuta, por favor, eu preciso ficar aqui...

– Você vai! – gritou o pai de Julieta batendo a porta do quarto.

PROFESSORA, VEM CHORAR COMIGO

As manhãs ficavam cada vez mais frias para Julieta.

Sem pestanejar, ela pegou a moto e partiu para o assentamento.

– Estou perdida, meu pai me obrigou a fazer cursinho em São Paulo, como vou ficar longe do meu Romeu? – chorava Julieta para a professora que estava no meio de uma aula. Pediu licença para os alunos e saiu para conversar com a jovem apavorada.

Julieta explicou que não queria ir para São Paulo de jeito nenhum. Disse que o seu coração era de Romeu e que, se fosse viajar agora, seria muito difícil reencontrar seu amado.

– Realmente eu não contava com essa decisão do seu pai neste momento – disse a professora. – E a minha ideia de acalmar os conflitos com o casamento de vocês vai por água abaixo. O que nós podemos fazer?

– Eu prefiro fugir para a floresta e viver com os indígenas isolados a ter que ficar longe do meu marido agora – berrava Julieta.

– Calma, menina! Vamos pensar.

– Eu não quero ficar sem o Romeu, preciso saber se ele vai ficar bem com tanta gente o perseguindo.

– Acho que eu tenho uma solução, Julieta. O seu pai é muito esperto e você vai ter que representar muito bem para que ele não desconfie de nada.

– Eu nunca estudei teatro, mas faço qualquer papel só para não me afastar do meu amado.

– Você vai para casa – explicou a professora –, vai fingir que aceitou a decisão de ir morar em São Paulo. Para ele acreditar, faça até suas malas. Diga que pensou e percebeu que realmente será melhor você sair daqui.

– Com muita ansiedade eu vou seguir as suas ordens, mas ainda eu não entendi como isso vai me deixar perto de Romeu.

– Eu conheço um pajé de outra aldeia que sabe tudo sobre as plantas da floresta. Quando eu dava aula lá, ele me contou que ele sabe fazer um preparado que pode deixá-la com aparência de morta.

– Como assim, professora?

– Você tem que ser forte. Depois de beber o líquido, vai parecer que você morreu: seu sangue vai esfriar e seu corpo ganhará a forma de um cadáver.

– Vai parecer que estou morta?

– Seus lábios rosados vão ficar cinzentos e seu corpo ficará duro e frio. Você vai ficar com aparência de defunto por vinte e quatro horas.

– Ainda não entendi como isso pode dar certo.

– Sua família vai ficar muito triste, é claro, mas, em algum momento, terá que levar o seu corpo para o velório na igreja, certo? Eu estarei lá, segundos depois de fecharem o caixão.

– Terei que entrar em um caixão? E se eu morrer sufocada?

– Eu mando uma mensagem para os indígenas do assentamento, que já estarão perto da igreja. Eu combinarei com os indígenas para eles fazerem uma manifestação, daquelas que vão todos com os corpos pintados, para chamar a atenção mesmo. Coisa grande. Todas as pessoas que estarão no velório vão sair. É nessa hora que eu abro o caixão, tiro você de lá e a coloco na outra sala. Você vai continuar dormindo. Para ninguém desconfiar, no lugar do seu corpo, eu coloco um boneco do mesmo peso e fecho o caixão novamente. A manifestação dos indígenas se dispersa e tudo volta ao normal. Com o caixão fechado, eles vão enterrar só um boneco.

– Professora, você é um gênio! Mas como eu vou ficar junto de Romeu? – perguntou Julieta!

– Enquanto tudo isso acontece, eu já terei mandado uma carta para o Romeu explicando o plano. Enquanto todos estiverem no cemitério, ele vai buscá-la na igreja. Vocês se escondem na floresta por um tempo. Aos poucos, encontramos a melhor maneira de contar para o seu pai que é com ele que você quer ficar.

– Que alívio, professora! Depois que eu já estiver com ele, o meu pai não vai ter como negar o nosso amor. Se esta é a única saída para eu poder ficar perto do meu amor, vou seguir direitinho suas instruções.

Com a moto da professora, as duas foram à comunidade vizinha e pegaram o preparado com ervas feito pelo pajé.

A ENCENAÇÃO DE JULIETA

De volta para a fazenda, Julieta esfregou folhas de lavanda na mão antes de entrar na casa. Ela estava preparada para a encenação: a única saída possível para ficar junto de seu amado.

Deu um beijo no pai e disse:

– Papai, pensei melhor e acho uma boa mesmo eu ir para São Paulo. Na casa da tia, vou ficar bem.

– Nossa, que mudança de ideia, minha filha! Que bicho te mordeu?

– Papai, sei que o senhor sempre faz o melhor para mim. Eu que sou cabeça-dura e um pouco teimosa, às vezes não vejo isso. Mas pensei melhor e vi que posso me dar bem em São Paulo. Ficar um tempo longe daqui vai me fazer bem para esquecer a morte do Teobaldo.

– Que coisa boa de escutar! Sabia que você seguiria os conselhos do seu velho pai.

– E tem mais, estando longe dos conflitos da fazenda, vou ter mais tempo para estudar – disse Julieta colocando o seu plano em ação com uma interpretação impecável.

– Então vou mandar fazer um jantar para celebrar a nova fase da sua vida, afinal a viagem será amanhã – disse o pai sem desconfiar que, em poucas horas, a sua filha teria a coragem de tomar um preparado com ervas para que todos pensassem que estivesse morta.

Julieta subiu a escada dizendo que iria arrumar as malas e que dispensaria o jantar, pois estava sem fome.

– Romeu, vou beber todo esse líquido – disse a jovem trancando a porta do seu quarto. – Espero que, depois de toda essa encenação, nosso plano dê certo. Quero ficar ao seu lado, meu amor.

Julieta tomou o preparado de ervas de uma só vez.

Enrolou o vidro em um pedaço de papel higiênico e o jogou no lixo para que ninguém descobrisse o seu plano. Em segundos começou a sentir uma tontura, um calafrio muito forte. Deitou-se na cama e perdeu toda a aparência saudável que tinha.

A noite foi o cenário perfeito para a simulação da garota apaixonada.

Os pássaros cantaram para anunciar o dia que acabou de nascer.

* * *

– Já é hora de levantar, filha! Você ainda nem tomou café – disse o fazendeiro animado em frente ao quarto da jovem.

Ela não respondeu.

– Filha, o carro já está lá embaixo esperando para levá-la ao aeroporto. Vamos, é melhor correr que a sua viagem será longa.

Vendo que a sua filha não abria a porta, o pai entrou no quarto:

– Minha filha está gelada! O que aconteceu? Que aparência é essa que você está, minha menina? Não é possível?! Minha filha morreu! Julieta! Que manhã escura, que dia lamentável... Ontem mesmo ela estava saudável, preparada para uma viagem de estudos. Hoje ela vai fazer a viagem da igreja para o cemitério e nunca mais vai voltar. Esperava que um dia eu fosse vê-la casada... Minha filha, esperava que um dia você me desse netos... Mas agora me vejo na obrigação de enterrá-la.

A tristeza tomou conta da fazenda.

Ninguém mais percebia o cheiro suave da lavanda do jardim.

ROMEU NA FLORESTA

A cidade ficou paralisada com a notícia da morte de Julieta. Tão jovem, tão bonita, tão saudável... Ninguém esperava por mais uma desgraça em tão pouco tempo.

A professora escreveu uma carta para Romeu informando que ele deveria estar na igreja na mesma hora em que todos estivessem no cemitério, enterrando um boneco no lugar de Julieta. Na carta, ela contou em detalhes como ele deveria agir para que o plano dela não falhasse.

Porém, nem tudo saiu como ela havia planejado.

Acontece que o amigo de Romeu encarregado de levar a carta, se perdeu na floresta: ele não conseguiu reconhecer os sinais que o apaixonado fugitivo havia deixado nas árvores.

O plano da professora não estava dando certo.

Algo bem pior aconteceu.

Quem conseguiu encontrar Romeu foi um outro amigo.

– Não aguento mais ficar aqui na mata, sem saber notícias da minha Julieta – disse Romeu. – Pena que não posso voltar... Até agora a professora não me mandou carta alguma. Será que o plano dela está dando certo? Só me resta esperar.

Romeu escutou um assobio.

– Deve ser algum amigo meu com a carta da professora.

– Romeu, que bom encontrar você! – disse o seu amigo.

– Vamos, me dê a carta da professora, quero saber o que devo fazer agora.

– Carta? Que carta, Romeu?

– A carta que ela falou que iria me mandar.

– Não tenho carta, Romeu: eu nem falei com ela. Mas depois do que eu vi hoje cedo, precisava falar pessoalmente com você.

– Você não falou com a professora? Mas o que você tem para me dizer? – disse Romeu, frustrado.

– Amigo, você tem que ser forte.

– Com tanta enrolação eu não consigo suportar a minha ansiedade. Fala logo.

– Hoje eu vi um funeral.

– Um funeral? De quem?

– De quem ama você.

– De quem me ama? Fala logo quem morreu.

– Julieta.

– O quê? Minha amada está morta? Não pode ser! Você está mentindo!

– Não estou, Romeu. Atravessei essa mata toda não foi para contar uma mentira, foi para avisá-lo. Acho que é o seu direito saber. Ninguém me contou, eu mesmo vi quando levaram o corpo dela para a igreja. A cidade está toda comovida.

– Como ela morreu?

– É um mistério. Os médicos não descobriram a causa e ninguém fala nada a respeito.

– Eu vou até a cidade!

– Nem pense em pisar lá, Romeu! Todos querem prender você. Eu vim avisá-lo só para você saber, não para fazer uma loucura. O recado está dado, agora eu vou voltar.

Como Romeu não recebeu a carta com as informações da professora, ele realmente acreditou que Julieta estava morta. Ele não fazia a menor ideia sobre a encenação da sua amada.

– Só me resta desafiar as estrelas. Que destino é este que me expulsa da minha cidade e ainda tira a vida do meu amor? Tenho somente um pensamento... Minha amada morta. Eu prometi a ela que nunca me afastaria e é isso que eu vou fazer. Se ela seguiu a estrada da morte, é por essa rodovia que eu também vou. Não se preocupe, minha querida, vou seguir os seus passos.

Por horas, Romeu caminhou pela mata até encontrar plantas venenosas capazes de matar qualquer coisa viva em questão de segundos.

O perigo da floresta estava nas mãos de um jovem desesperado, decidido a tirar a própria vida.

Munido do veneno, Romeu partiu para a igreja.

VELÓRIO DE JULIETA

Havia muitas pessoas na igreja onde o corpo de Julieta era velado. Romeu entrou sem se preocupar em ser reconhecido, ele estava seguro de que teria o mesmo destino que a sua amada.

Para a sua sorte, o pai de Julieta estava no escritório do velório dando o cheque para o agente funerário.

A professora não viu Romeu entrar. Ela estava na esquina, combinando com os indígenas como seria a encenação da manifestação.

Realmente o plano dela não estava dando certo.

Ele se aproximou do caixão, segurou firme na mão gelada da jovem. As pessoas se assustaram quando o reconheceram, mas durante o velório ninguém teve coragem para falar nada.

Munido das plantas venenosas, Romeu disse:

– Minha doce Julieta,
hoje eu tenho só tristeza...
Por que a morte te enamora?
Só por ter delicadeza?
Mas nem ela tem o poder
de alterar sua beleza.
Você ainda está linda,
vou ficar sempre contigo,
que a clareza desta tarde
seja o meu mais doce abrigo.
Deixo o mundo, deixo a vida,
vou morrer sem ter perigo.

E o jovem, na frente de todos que acompanhavam o velório, engoliu as plantas. Ninguém conseguiu detê-lo. Ele foi rápido demais.

Seu corpo caiu ao lado do caixão.

O barulho do corpo caindo despertou Julieta antes do horário previsto.

Um susto imenso tomou conta das pessoas que estavam no velório. Muita gente saiu correndo, gritando. Algumas pessoas ficaram olhando de longe, sem saber o que fazer. Outras não aguentaram o susto e desmaiaram.

Ninguém esperava que um cadáver fosse levantar do caixão.

– Como é bom ver você, Romeu! – disse Julieta ainda tonta e com a vista embaçada – Deu certo o nosso plano... Vamos ficar juntos... Romeu, não escuto a sua voz... Ainda estou tonta... Meu amor, aqui estou... Romeu? Romeu? Fale comigo, Romeu... Meu amor está morto! Não é possível! O seu sangue ainda está quente.

Quando Julieta viu as plantas venenosas ao lado do corpo dele, ela entendeu que seu marido havia se matado.

– Se foi esse veneno que tirou a vida do meu amor, será esse veneno que também vai tirar a minha vida.

Julieta também engoliu as plantas que sobraram.

Ela ainda teve tempo para dar um beijo na boca do seu amado.

Algumas pessoas tentaram impedir que ela engolisse as folhas, mas o veneno da floresta era eficaz.

Os dois jovens estavam mortos.

Aos poucos as pessoas retornaram para ver o que estava acontecendo.

A lamentação aumentou quando o pai de Julieta entrou.

Em pouco tempo, os indígenas Guarani do assentamento e a professora souberam da notícia e também partiram para a igreja.

A cena dos dois corpos sem vida era terrível.

O SOL FICOU ENVERGONHADO

Em poucos segundos a sala onde estava o caixão de Julieta estava novamente lotada.

Murmúrios e sussurros dos presentes tentavam buscar alguma explicação para o que acabara de acontecer. Um indígena foragido declara amor à filha morta do fazendeiro. Ele se mata, ela levanta do caixão, toma o veneno e morre em seguida.

O velho fazendeiro e o cacique choravam abraçando seus filhos, que ainda estavam quentes.

A morte era recente.

– Me escutem, por favor! – falou a professora. – A culpa foi minha.

– O que você tem a ver com isso? – perguntou o fazendeiro.

– Romeu e Julieta – continuou a professora – se conheceram no show do cantor Leonel. Eles se apaixonaram intensamente, algo inexplicável. E decidiram se casar. Romeu me pediu para ajudá-los com o casamento. Eu arrumei a documentação e levei esses dois jovens para se casarem no cartório. Pensei que a união entre os filhos dos inimigos pudesse trazer paz para todos. Ninguém mais está aguentando os conflitos.

– Eles estavam casados sem ninguém saber? – perguntou o pai de Romeu.

– Sim, cacique. Eu mesmo os levei para o cartório e fui a testemunha. Eles ficaram muito felizes. Mas, no mesmo dia, o primo de Julieta matou Mercúcio, o melhor amigo de Romeu. O jovem Romeu ficou com raiva e não conseguiu controlar sua emoção. Foi aí que ele empurrou Teobaldo, que tropeçou, bateu a cabeça em uma guia e morreu. Ele não queria matá-lo.

– Quer dizer – disse o senhor Capuleto, com a filha nos braços – que a tristeza da minha filha não era pela morte do primo e sim por quem o matou? Seu marido...

– Julieta estava triste, pois sabia que ficaria sem Romeu, que estava impedido de voltar para a cidade. Logo em seguida, o senhor a obrigou a morar em São Paulo... Ela ficou doida... Julieta foi me procurar, e eu dei a ela um preparado de ervas da floresta que lhe deu a aparência de um defunto.

– Foi por isso que a minha filha se levantou do caixão. Ela não estava morta.

– Sim, ela apenas parecia estar morta – explicou a professora. – Eu escrevi uma carta para o Romeu e contei todo o meu plano: que ele deveria voltar aqui só no final da tarde. Eu havia combinado com os indígenas do assentamento que eles fariam uma manifestação para que todos vocês saíssem do velório para ver o que se passava. Então, eu iria tirar Julieta e colocar um boneco dentro, fechando novamente o caixão.

– Mas, se o Romeu sabia deste plano, por que ele se matou? Por que ele veio antes da hora? – perguntaram à professora.

– Esse foi o maior problema. Ele não soube do plano, pois não recebeu a carta que eu mandei. O amigo dele não encontrou os sinais que ele deixou nas árvores. Ele me devolveu a carta, aqui está.

– Mas como Romeu soube que a minha filha estava morta? – disse o pai de Julieta passando os olhos na carta que não havia chegado ao destinatário correto.

– Um outro amigo dele, depois que soube da falsa morte de Julieta, foi procurá-lo na mata. Este amigo conseguiu localizar os sinais deixados por ele. Sinto muito!

Eu sou a única culpada nessa história toda. É uma pena que esta tragédia tenha acontecido... Quando soube que sua Julieta estava morta, ele deve ter decidido colher essas ervas venenosas para seguir os passos dela... Tudo o que eu não queria que acontecesse aconteceu. Mais desgraças em meio aos conflitos. Sinto muito!

– Não peça desculpas. Você não tem culpa de nada. Pelo contrário, você quis resolver tudo pacificamente. Eu que estava cego – disse o pai de Julieta, soltando a filha dos braços.

O velho fazendeiro se levantou e caminhou para perto do cacique. O líder Guarani, gentilmente deitou o corpo do seu filho no chão. Os olhos dos inimigos fitaram-se por alguns segundos.

– Meu amigo, agora eu vou te chamar assim – disse o fazendeiro ao cacique. – Veja o que o futuro preparou para os nossos filhos. Dois jovens cheios de vida estão mortos e tudo isso é culpa minha, que não quis me abrir para conversar com vocês. A culpa é minha, por que os tratei como inimigos. Foi a minha ganância por mais terra que matou a minha filha. Foi o meu orgulho por querer mais e mais poder que fez com que hoje eu enterre a minha filha.

– A sua tristeza é do mesmo tamanho que a minha – disse o cacique. É muito triste saber que nossos filhos morreram. Eles tinham uma vida inteira pela frente. Não só morreram pela paixão, morreram por nossa briga. Será que tudo o que fizemos valeu a pena?

Os dois inimigos se abraçaram. Houve promessas que, a partir daquele dia, todos os conflitos seriam solucionados pacificamente, com conversas e respeito às diferenças culturais.

Todos, independentemente da sua origem, estavam comovidos e unidos.

Pra fazer os dois enterros,
Todos se aglomeraram.
Guarani e Capuleto
Suas brigas terminaram
E somente deram as mãos
Quando os filhos sepultaram.
A tragédia abraçou
Julieta e Romeu.
A manhã seguinte veio,
Mas o sol se escondeu,
Com vergonha dessa história
Até ele não nasceu.

CÉSAR OBEID

Em encontros com leitores, uma pergunta que sempre aparece é: "Como fazer para ser um escritor?". Eu respondo que não há muito segredo, que o mais importante é gostar de ler. Os livros são como um portal aberto para desvendar novos mundos e novas experiências. Foi lendo que conheci as obras de Shakespeare e a realidade dos povos indígenas no Brasil. E foi lendo e estudando com amor que vi a possibilidade de recontar do meu jeito essa história que tanto me emocionou.

CATARINA BESSELL

Sou artista gráfica, gravurista e formada em arquitetura. Ilustrar este livro foi mergulhar numa pesquisa gráfica que se estendeu da flora brasileira até aos problemas sociais do Brasil. Foi o exercício de trazer, por meio das colagens, a universalidade do clássico *Romeu e Julieta* para os aspectos mais intrínsecos da cultura brasileira.

Este livro foi composto com a família tipográfica
Chaparral Pro, para a Editora do Brasil, em maio de 2015.